AF293083

ZUCKERWATTE der VERDAMMNIS

Ulrich Germania

Impressum

Buchtitel:
Zuckerwatte der Verdammnis

Untertitel:
Gruselgeschichten vom Jahrmarkt

KI-Hinweis:
Geschrieben von einer KI, nach Ideen des Autors.

Autor
Ulrich Germania, © 2025

Verlag:
BoD · Books on Demand GmbH,
Überseering 33, 22297 Hamburg, bod@bod.de

Druck:
Libri Plureos GmbH,
Friedensallee 273, 22763 Hamburg

ISBN: 978-3-8192-2996-1

Inhaltsverzeichnis

Bildnachweise:
Die Bilder auf dem Buchumschlag sowie die Illustrationen im Buch wurden durch KI generiert und mit Programmen der Foto-Manipulation modifiziert.

KI-Hinweis:
Ulrich Germania hat sich die Charaktere und die Geschehnisse ausgedacht, die Künstliche Intelligenz hat die Geschichte geschrieben, dann wurde sie vom Autor überarbeitet und verbessert.

Kontakt zum Autor:
Ulrich.Germania@online.de

Zuckerwatte der Verdammnis

Der Jahrmarkt war ein kakophonisches Fest aus Licht und Lärm, aber am Rande des Trubels, halb im Schatten einer alten Eiche, stand ein Wagen, der nicht ganz dazuzugehören schien. Er war wie ein Hexenhäuschen aus dunklem, fast lebendig wirkendem Holz gebaut, mit schiefen Fensterläden und einem Dach, das mit etwas bedeckt war, das unheimlich an getrocknete Haut erinnerte. Farbiger Rauch kräuselte sich aus krummen Schornsteinen, der roch aber nicht nach Holzfeuer, sondern seltsam süßlich.

In dem von innen unheilvoll beleuchtetem Wagen saß eine Frau. Ihr Alter war schwer zu schätzen – mal wirkte sie uralt, mit Haut wie zerknittertes Pergament, mal schien ein fast jugendliches, boshaftes Funkeln in ihren Augen zu liegen, die aussahen wie polierte, schwarze Glasmurmeln.

Neben ihr stand eine Zuckerwattemaschine, die mit leisem Surren Wolken aus gesponnenem Zucker in Farben spann, die zu leuchtend, zu unnatürlich wirkten:

Die Zuckerwatte hatte ein giftiges Pink, ein fiebriges Gelb, ein tiefes Violett wie ein blauer Fleck, oder eine andere magische Farbe.

Ein handgemaltes Schild hing schief am Fensterrahmen. Darauf stand in verschnörkelter, aber unheilverkündender Schrift:

„Frau Grimms verzauberte Zuckerwatte!
Ein Biss und dein Wunsch wird wahr!
Doch Achtung, sei gewarnt:
Die Erfüllung hat einen bitteren Beigeschmack.
Ein Fluch klebt an jedem Wunsch.

Die Leute blieben stehen, angelockt von der Süße und der seltsamen Ausstrahlung des Imbiss-Wagens Häuschens. Sie lasen das Schild, lachten unsicher, stießen sich gegenseitig an.

Das war bestimmt nur ein cleverer Marketing-Gag, oder?

Die arme Frau

Eine Frau mittleren Alters, deren Gesicht von Sorgen zerfurcht war, trat als Erste näher. Ihre Kleidung war sauber, aber abgetragen. Man sah ihr an, dass sie nicht reich war.

„Ist das wahr?", fragte sie zögernd die Hexe im Fenster.

Die Hexe lächelte, ein dünnes, fast rissiges Lächeln. „So wahr wie der Zucker auf deiner Zunge schmilzt, meine Liebe. Wünsch dir, was dein Herz begehrt."

Die Frau biss sich auf die Lippe.

„Ich… ich wünschte, ich wäre reich. Ich kann die Armut nicht mehr ertragen."

Sie verstummte.

„Ein Wunsch nach Gold und Glanz", säuselte die Hexe und reichte ihr eine leuchtend gelbe Zuckerwatte.

„Iss, meine Liebe. Wünsche es dir von ganzem Herzen."

Gierig stopfte sich die Frau die klebrige Watte in den Mund. Ihre Augen schlossen sich einen Moment lang in süßer Erwartung.

Sie bezahlte mit ihren letzten Münzen und eilte davon, als hätte sie Angst, jemand könnte sie gesehen haben, wie sie sündigte.

Am nächsten Tag man sie wieder. Sie trug nun teure, schwarze Trauerkleidung. Ihr Gesicht war blass und tränenverschmiert, aber in ihren Augen lag auch ein harter, berechnender Glanz.

Leute tuschelten hinter vorgehaltener Hand. Ihr reicher, alter Vater, von dem sie sich vor Jahren entfremdet hatte, war plötzlich an einem Herzinfarkt gestorben. Sie war die Alleinerbin. Ihr Wunsch war erfüllt. Der Preis stand ihr ins Gesicht geschrieben.

Mutter und Tochter

Als Nächstes trat eine Mutter mit ihrer bildhübschen, aber mürrischen Teenager-Tochter heran.

„Ich hab's so satt!", zischte die Mutter, kaum dass sie vor dem Fenster stand. „Immer bewundern alle nur dich! Ich wünschte, ich wäre wieder so jung und schön wie du!"

Ihre Stimme war voller Neid und Verbitterung. Die Tochter verdrehte die Augen.

Die Hexe reichte der Mutter eine giftig pinke Zuckerwatte, ihr Lächeln wurde breiter, wissender.

„Ein verständlicher Wunsch, meine Liebe. Schönheit ist vergänglich, nicht wahr? Iss. Wünsche es dir innig."

Die Mutter riss die Zuckerwatte an sich und aß sie hastig. Ein seltsames Leuchten durchzuckte sie. Sie blickte an sich herunter, dann auf ihre Tochter.

Und dann schrien beide gleichzeitig auf.

Es war ein Schrei des puren Entsetzens.

Denn die Mutter starrte aus den Augen ihrer Tochter auf ihren eigenen, alternden Körper. Und die Tochter sah voller Panik aus den Augen ihrer Mutter auf ihr eigenes junges Gesicht im Spiegelbild des dunklen Fensterglases. Sie hatten die Körper getauscht.

Der Wunsch war erfüllt.

Der Preis war ein Albtraum, aus dem es scheinbar kein Entrinnen gab.

„Was... was ist passiert?", keuchte die Stimme der Mutter, doch sie kam aus dem Mund ihrer Tochter. Sie hob zitternd die jungen Hände vor ihr Gesicht, betastete die glatte Haut, die vollen Lippen. Ein Anflug von Triumph mischte sich mit wachsendem Entsetzen.

„Du! Was hast DU getan?!", kreischte die Stimme der Tochter, rau und ungewohnt, aus dem Körper der Mutter. Sie starrte auf ihre nun faltigen Hände, spürte das Ziehen in den Gelenken, sah die Welt durch Augen, die nicht mehr ganz so scharf waren. Panik flackerte in ihnen auf.

„Mach das rückgängig! SOFORT!"

Sie stürzten aufeinander los, ein groteskes Bild:

Die junge Gestalt, erfüllt von der Gier und dem späten Schock der Mutter, und die ältere Gestalt, bebend vor jugendlicher Wut und Verzweiflung.

Die Hexe im Fenster lehnte sich leicht vor, ihre schwarzen Augen funkelten belustigt. Sie machte keine Anstalten einzugreifen. Ihr dünnes Lächeln wurde breiter, fast triumphierend.

„Ein Wunsch ist ein Wunsch, meine Lieben", säuselte sie mit einer Stimme, die wie das Rascheln trockener Blätter klang.

„Und Schönheit... nun, wer schön sein will, muss leiden, das ist doch bekannt!"

Die Mutter im Körper der Tochter versuchte zu beschwichtigen, doch die Worte klangen falsch aus dem jungen Mund.

Die Tochter im Körper der Mutter schlug wild um sich, unfähig, die neue, trägere Physis zu kontrollieren. Ihr Gezeter und Wehklagen mischte sich mit dem fröhlichen Lärm des Jahrmarkts, doch hier, am Rande des Geschehens, klang es nur noch schrill und verloren.

Andere Jahrmarktbesucher wurden auf den Tumult aufmerksam, blieben stehen, starrten. Sie sahen nur eine hysterische Frau mittleren Alters und einen Teenager, der seltsam altklug und entsetzt wirkte.

Niemand konnte das wahre Grauen hinter den vertauschten Blicken erkennen.

Unter den höhnischen Augen der Hexe stolperten Mutter und Tochter schließlich davon, Arm in Arm auf eine unnatürliche, verzweifelte Weise, gefangen im Albtraum des anderen. Der Wunsch der Mutter nach Schönheit war erfüllt – aber zu einem Preis, der sie und ihre Tochter für immer zeichnen würde.

Währenddessen drehte sich die Zuckerwattemaschine im Wagen der Hexe unaufhörlich weiter, spann neue, verlockend bunte Fäden aus süßem Gift. Der Rauch aus dem Schornstein kräuselte sich in den Abendhimmel, trug den süßlich-beißenden Geruch über den Jahrmarkt – eine stille Warnung und zugleich eine unwiderstehliche Einladung für den nächsten unglückseligen Wünschenden.

Frau Grimm wartete geduldig. Es gab immer Herzen voller unerfüllter Begierden, und sie war mehr als bereit, sie zu erfüllen... auf ihre ganz eigene, teuflische Art.

Die Tochter war gefangen in der alternden Hülle ihrer Mutter. Der Schock saß tief, ein eisiger Klumpen im Bauch des Körpers, der ihr nicht gehörte. Sie spürte die Trägheit der Glieder, die Falten um die Augen, die sie im Spiegelbild des dunklen Fensterglases gesehen hatte. Panik, heiß und gallig, stieg in ihr auf. Sie konnte als junge Frau nicht so leben. Nicht in *diesem alten* Körper.

Während ihre Mutter – oder vielmehr ihr eigener junger Körper, bewohnt vom Geist ihrer Mutter – noch versuchte, die neue, gestohlene Jugendlichkeit zu begreifen und gleichzeitig mit der plötzlichen Veränderung zu ringen, riss sich die Tochter los.

Die Blicke der gaffenden Menge ignorierend, stolperte sie auf den ungelenken Beinen ihrer Mutter zurück zum Hexenwagen. Ihre Augen brannten vor Tränen der Wut und des Entsetzens.

Sie hämmerte mit den nun knotigen Fäusten gegen die Fensterbank.

„Hexe!", krächzte sie mit der Stimme ihrer Mutter, was das Ganze noch bizarrer machte. „Du musst mir helfen!"

Frau Grimm, die das Schauspiel mit unbewegter Miene verfolgt hatte, wandte ihr den Kopf zu. Ein wissendes, fast mitleidloses Lächeln spielte um ihre dünnen Lippen. „Schon zurück, meine Liebe? Hat der Wunsch nicht ganz deinen Erwartungen entsprochen?"

„Das war nicht mein Wunsch, das war der meiner Mutter! Es ist ein Albtraum!", schluchzte die Tochter im Körper der Mutter.

„Ich will das nicht! Ich will meinen Körper zurück! Ich will wieder jung und schön sein! Bitte!"

Verzweiflung ließ ihre Stimme zittern. Sie griff in die Taschen des fremden Mantels, fischte ein paar zerknitterte Scheine hervor – das Geld ihrer Mutter.

„Hier! Nimm alles! Verkaufe mir noch eine Zuckerwatte! Eine, die mich wieder zu mir selbst macht!"

Sie blickte der Hexe flehentlich in die dunklen Augen.

„Es ist mir egal, was passiert! Egal, was der Preis ist! Mach es einfach rückgängig! Mach mich wieder jung und schön!"

Das Lächeln der Hexe wurde breiter, zeigte kurz Zähne, die spitz und unregelmäßig wirkten.

„So viel Verzweiflung", säuselte sie. „Die Jugend ist ein kostbares Gut, nicht wahr? Und du bist bereit, *jeden* Preis zu zahlen?"

„Ja! Jeden!", stieß die Tochter hervor, ohne auch nur eine Sekunde zu zögern.

Die Hexe nickte langsam, als hätte sie genau das erwartet. Sie wandte sich zu ihrer Maschine und zog eine neue Wolke Zuckerwatte heraus. Diesmal war sie von einem seltsamen, fast fiebrig wirkenden Grün. Sie reichte sie der verzweifelten Seele im falschen Körper. „Dann iss, mein Kind. Wünsche es dir mit jeder Faser deines Seins. Wünsche dir deine Jugend und Schönheit zurück."

Gierig, fast animalisch, riss die Tochter die grüne Zuckerwatte an sich. Die künstliche Süße überflutete ihren Mund, während sie sich mit aller Macht konzentrierte: *Ich will meinen Körper zurück! Ich will wieder jung sein! Ich will wieder schön sein!*

Ein Kribbeln durchfuhr sie, stärker diesmal, fast schmerzhaft. Sie spürte, wie die Schwere aus ihren Gliedern wich, wie die Haut sich straffte, wie die Welt wieder schärfer wurde durch Augen, die sich vertraut anfühlten. Ein Seufzer der unendlichen Erleichterung entrang sich ihrer Kehle. Sie blickte an sich herunter, sah ihre eigenen Hände, ihren eigenen Körper. Sie war zurück!

Ein Lachen sprudelte aus ihr hervor, ein Lachen der Erlösung. Sie wirbelte herum, wollte ihrer Mutter – oder wer auch immer jetzt in dem alten Körper steckte – triumphierend ins Gesicht sehen.

Doch der Anblick ließ ihr das Blut in den Adern gefrieren.

Neben ihr stand nicht ihre Mutter im alten Körper. Neben ihr stand… sie selbst. Eine exakte Kopie, quasi ein Klon. Jung, schön, mit demselben erleichterten und gleichzeitig verwirrten Ausdruck im Gesicht.

Es war ihre Mutter, die ebenfalls ihre Jugend zurückerhalten hatte – aber im Körper ihrer Tochter. Sie waren nun zwei identische junge Frauen.

Die Hexe lachte leise im Fenster, ein trockenes, rasselndes Geräusch. „Du wolltest wieder jung und schön sein, Kind. Und das bist du."

Die Tochter starrte auf ihr Spiegelbild, das jetzt ein Eigenleben führte. Sie hatte ihren Wunsch bekommen. Und gleichzeitig hatte sie etwas erhalten, das sie sich ganz bestimmt nicht gewünscht hatte: eine perfekte, lebendige Kopie ihrer selbst, bewohnt vom Geist ihrer neidischen Mutter.

Der Albtraum war nicht vorbei. Er hatte gerade erst eine neue Form angenommen.

Der verliebte Mann

Die beiden jungen Frauen – die entsetzte Tochter in ihrem eigenen Körper und die verstörend triumphierende Mutter im Körper ihrer Tochter – standen sich gegenüber, Spiegelbilder des Schreckens und der Verwirrung. Der Lärm des Jahrmarkts schien weit weg, gedämpft durch den Schleier ihres persönlichen Albtraums. Sie wussten nicht, was sie sagen oder tun sollten, gefangen in dieser bizarren neuen Realität.

In diesem Moment trat ein Mann aus der Menge. Er war nicht mehr ganz jung, mit gierigen Augen und einem selbstgefälligen Grinsen. Sein Blick wanderte lüstern zwischen den beiden identischen Schönheiten hin und her.

Er hatte das Schild gelesen und sah nun seine Chance gekommen. Die offensichtliche Verwirrung der Frauen machte sie in seinen Augen nur noch attraktiver, vielleicht sogar verfügbarer.

Er drängelte sich an anderen Neugierigen vorbei direkt zum Fenster des Hexenwagens.

„Eine Zuckerwatte! Schnell!", befahl er fast, seine Augen immer noch auf die beiden Frauen gerichtet.

Frau Grimm hob eine Augenbraue, ihr dünnes Lächeln unverändert. Sie reichte ihm eine Zuckerwatte von einem unheilvollen Himmelblau. Der Mann schnappte sie sich, warf der Hexe ein paar Münzen hin und stopfte sich die klebrige Masse gierig in den Mund, ohne den Blick von den jungen Frauen abzuwenden.

„Ich wünsche mir", dachte er mit aller Kraft, ein schmieriges Grinsen breitete sich auf seinem Gesicht aus, *„dass sich diese beiden Schönheiten unsterblich in mich verlieben! Sie sollen mich mit zu sich nach Hause nehmen und ich will für immer mit ihnen zusammenleben!"*

Er schluckte den letzten süßen Rest hinunter, voller triumphaler Erwartung.

Ein seltsames Zucken durchfuhr ihn.

Er keuchte auf, aber es klang seltsam hoch, fast wie ein Fiepen. Sein Körper schien zu schrumpfen, sich zu verformen. Die Umstehenden wichen zurück, einige stießen spitze Schreie aus.

Wo eben noch der Mann gestanden hatte, saß nun ein kleines, zitterndes Schoßhündchen mit großen, panischen Augen. Es trug ein winziges, absurd wirkendes Halsband, das an die Krawatte erinnerte, die der Mann getragen hatte. Es jaulte kläglich – der verzweifelte Versuch, zu schreien, zu protestieren.

Im selben Moment löste sich die Spannung zwischen den beiden jungen Frauen. Wie von Zauberhand wandten sie sich gleichzeitig dem kleinen Hund zu. Ihre Augen wurden weich, aller vorheriger Schrecken war wie weggewischt, ersetzt durch eine Welle überwältigender Zuneigung.

„Oh, sieh nur!", rief die Tochter mit ihrer eigenen Stimme, kniete sich hin und streckte die Hand aus.

„Wo kommt der denn plötzlich her?", säuselte die Mutter mit der Stimme ihrer Tochter und tat es ihr gleich. „Er ist ja bezaubernd!"

„So winzig und allein", fuhr die Tochter fort, ihre Stimme voller Mitgefühl. „Wir können ihn doch nicht hierlassen."

„Nein, auf keinen Fall", stimmte die Mutter im Körper der Tochter sofort zu. „Er sieht so aus, als bräuchte er jemanden, der sich um ihn kümmert. Wir nehmen ihn mit nach Hause."

„Ja!", sagte die Tochter strahlend. „*Wir* nehmen ihn mit. Wir werden uns zusammen um ihn kümmern."

Vorsichtig hoben sie das zitternde Hündchen gemeinsam auf. Das kleine Tier winselte leise, gefangen in seinem flauschigen Gefängnis, unfähig, ihnen zu sagen, wer er war oder was er wollte.

Er wurde gekuschelt, gestreichelt und mit liebevollen Worten überschüttet.

Sein Wunsch war in Erfüllung gegangen. Beide Frauen hatten sich – auf eine gewisse Art – in ihn verliebt. Sie nahmen ihn mit nach Hause.
Er würde für immer bei ihnen leben.

Frau Grimm im Fenster lachte leise in sich hinein, während sie zusah, wie die beiden identisch aussehenden Frauen mit dem kleinen Hund auf dem Arm im Trubel des Jahrmarkts verschwanden.

Die Zuckerwattemaschine surrte weiter und spann neue Fäden aus süßer, verhängnisvoller Verlockung. Der Preis war immer unerwartet bitter, aber die Leute kamen und hörten nicht auf, sich etwas zu wünschen.

Die Farben des Wahnsinns

Nicht weit von Frau Grimms unheilvollem Hexenwagen, zwischen dem Lärm der Fahrgeschäfte und dem klebrigen Duft gebrannter Mandeln, hatte Thomas Tucker seinen bescheidenen Stand aufgebaut.

Leinwände lehnten an einer wackeligen Staffelei, zeigten Szenen von melancholischer Schönheit, tiefer Traurigkeit oder aufgewühlter Leidenschaft – das Ergebnis unzähliger einsamer Stunden und seiner ganzen Seele.

Doch die Jahrmarktbesucher gingen vorbei, ihre Augen auf grellere Lichter und lautere Versprechungen gerichtet. Niemand blieb stehen. Niemand schien die Emotionen zu sehen, die Thomas so mühsam auf die Leinwand gebannt hatte.

Frustration nagte an ihm, heiß und bitter. Er sah die Menschen vor Frau Grimms Hütte, hörte das Gelächter und die aufgeregten Stimmen. Er las das Schild mit dem Versprechen und der Warnung. Ein gefährlicher Funke zündete in ihm. Was hatte er schon zu verlieren? Seine Kunst wurde ohnehin ignoriert.

Mit zusammengebissenen Zähnen und klopfendem Herzen trat er an das dunkle Fenster.

„Eine Zuckerwatte", murmelte er und schob der Hexe ein paar Münzen hin. Ihre schwarzen Augen schienen direkt in seine verletzte Künstlerseele zu blicken.

„Ein Wunsch, mein Guter? Was begehrt dein Herz am meisten?", säuselte Frau Grimm und reichte ihm eine Zuckerwatte, die in allen Farben des Regenbogens schimmerte, aber irgendwie trüb und unheilvoll wirkte.

Thomas riss die klebrige Masse an sich.

„Ich wünsche mir", sagte er mit fester Stimme, während er den ersten Bissen nahm, „dass die Leute meine Kunst endlich *fühlen*! Sie sollen verstehen, was ich ausdrücken will, die Emotionen sollen sie direkt treffen!"

Er aß den Rest, die unnatürliche Süße erfüllte ihn mit einer seltsamen, vibrierenden Energie.

Er kehrte zu seinem Stand zurück, das Herz voller Hoffnung. Vielleicht war das die Wende, auf die er gewartet hatte.

Schon bald näherte sich ein Pärchen, lachend und Arm in Arm. Sie blieben vor einem seiner Bilder stehen, welches eine Szene tiefer, herbstlicher Melancholie zeigte – eine einsame Gestalt unter kahlen Bäumen im Nebel. Thomas hielt den Atem an.

Plötzlich erstarrte das Lachen der Frau. Ihre Miene wurde leer, dann füllten sich ihre Augen mit Tränen. Ein Schluchzen brach aus ihr hervor, tief und herzzerreißend.

„Es ist alles so… so sinnlos“, wimmerte sie und klammerte sich an ihren verdutzten Freund. „So allein…“

Der Mann versuchte sie zu trösten, doch als sein Blick auf das Bild fiel, verzog sich auch sein Gesicht. Eine Welle der Hoffnungslosigkeit schien ihn zu überrollen.

„Sie hat recht“, murmelte er mit hängenden Schultern. „Was machen wir hier überhaupt?“ Beide standen da, unfähig sich zu bewegen, gefangen in einer unerträglichen Traurigkeit, die von der Leinwand auszuströmen schien.

Thomas wich erschrocken zurück. Das war nicht das Verständnis, das er sich erhofft hatte.

Eine Gruppe Jugendlicher kam lärmend näher. Ihr Anführer, ein großspuriger Junge, deutete spöttisch auf ein anderes Bild – eine Darstellung unterdrückter Wut, gemalt in aggressiven Rottönen und scharfen Linien. „Was soll'n das für ein Mist sein?", lachte er.

In dem Moment, als seine Augen das Bild erfassten, erstarrte er. Seine Hände ballten sich zu Fäusten, sein Kiefer spannte sich an. Ein Knurren entfuhr seiner Kehle.

„Was guckst du so blöd?", fauchte er seinen Freund neben sich an, der ebenfalls auf das Bild geblickt hatte und nun mit gefährlich funkelnden Augen zurückstarrte.

Innerhalb von Sekunden herrschte eine aggressive Spannung zwischen ihnen, grundlos, aber intensiv. Bevor es zu Handgreiflichkeiten kam, stießen sie sich voneinander weg und flohen, verwirrt und erschrocken über ihre eigene plötzliche Aggression.

Ein weiteres Bild zeigte eine surreale, angstvolle Vision. Eine ältere Dame, die neugierig stehen blieb, stieß einen spitzen Schrei aus, als sie es betrachtete.

Ihre Augen weiteten sich vor Schreck, sie begann am ganzen Körper zu zittern und stammelte etwas von Schatten und Verfolgung, bevor sie mit panischem Blick davonhastete.

Es dauerte nicht lange, bis sich eine unsichtbare Barriere um Thomas' Stand gebildet hatte. Die Leute machten einen großen Bogen darum. Sie spürten die Wogen unkontrollierbarer Emotionen, die von den Leinwänden ausgingen – rohe, überwältigende Gefühle, die sie wie eine physische Kraft trafen und in Angst und Schrecken versetzten.

Thomas stand inmitten seiner Werke, bleich und zitternd. Sein Wunsch war erfüllt. Die Menschen *fühlten* seine Kunst, intensiver und direkter, als er es sich je hätte vorstellen können.

Aber sie verstanden sie nicht. Sie wurden von ihr verschlungen, gequält, in den Wahnsinn getrieben. Seine Kunst, seine Seele, war zu einer Waffe geworden, die jeden verletzte, der ihr zu nahe kam.

Er blickte auf seine Hände, die diese Bilder geschaffen hatten.

Sein größter Wunsch hatte seine Kunst in einen Fluch verwandelt, ihn selbst zum Schöpfer eines emotionalen Terrors gemacht. Die Anerkennung, nach der er sich gesehnt hatte, war dem Entsetzen gewichen. Er war allein, umgeben von den schreienden Farben seines eigenen, wahr gewordenen Albtraums.

Die Tage auf dem Jahrmarkt wurden zur Qual. Niemand kaufte mehr seine Bilder. Die Leute mieden seinen Stand wie die Pest, warfen ihm misstrauische, manchmal sogar hasserfüllte Blicke zu. Einige flüsterten von Verhexung, andere von Wahnsinn. Die Emotionen, die von den Leinwänden ausgingen, vergifteten die Atmosphäre um ihn herum und trieben potenzielle Kunden in die Flucht, noch bevor sie richtig hinschauen konnten.

Seine Einnahmen versiegten, aber schlimmer noch war die Erkenntnis, dass seine größte Leidenschaft zu einem Instrument des Leidens geworden war.

Der Frust wich einer tiefen, nagenden Schuld.

Jedes Mal, wenn er eine seiner Leinwände ansah, sah er nicht mehr die Schönheit oder die Trauer, die er ursprünglich einfangen wollte, sondern das verzerrte Gesicht der Frau, die in Tränen ausgebrochen war, die geballten Fäuste des Jugendlichen, den panischen Schrei der alten Dame. Seine Kunst war verdammt.

An einem trüben Abend, nachdem der Jahrmarkt seine Tore geschlossen hatte und nur noch das gespenstische Knarren der Fahrgestelle und das ferne Murmeln der Aufräumarbeiten zu hören war, traf Thomas eine schwere Entscheidung. Er packte alle seine Bilder zusammen, jedes einzelne davon ein stummer Schrei der Emotionen, die er entfesselt hatte. Er trug sie hinter die Zelte, auf eine freie Fläche, wo der Geruch von Popcorn und Sägemehl dem von feuchter Erde wich.

Mit zitternden Händen schichtete er die Leinwände aufeinander. Ein letzter Blick auf die Szenen, die einst sein ganzer Stolz waren, nun Quellen des Grauens. Dann zündete er ein Streichholz an.

Die Flammen leckten erst zögernd, dann gierig an den Farben und der Leinwand.

Gesichter verzogen sich in der Hitze, Landschaften krümmten sich und wurden zu Asche. Die intensiven Emotionen schienen für einen letzten, schrecklichen Moment aufzuflackern, bevor das Feuer sie verschlang. Thomas stand da und sah zu, wie seine Kunst, seine Träume und sein Fluch in Rauch aufgingen. Ein Gefühl der Leere breitete sich in ihm aus, aber auch eine seltsame, bittere Erleichterung.

Er kehrte dem Jahrmarkt den Rücken, ließ die schwelenden Reste und die Erinnerung an Frau Grimms teuflische Zuckerwatte hinter sich.

Thomas Tucker malte nie wieder ein Bild. Die Freude daran war erloschen, ersetzt durch die Angst vor der Macht, die er versehentlich entfesselt hatte.

Er suchte sich eine neue Arbeit, etwas Monotones, Seelenloses in einem staubigen Büro, wo Zahlen Kolonnen füllten und die einzige Emotion die bleierne Langeweile war. Sein Wunsch war erfüllt worden, und der Preis war der Verlust dessen gewesen, was ihm am meisten bedeutet hatte: seiner Kunst und seiner Seele als Künstler.

Der Geschmack des Grauens

Metzgermeister Franz war eine Institution auf dem Jahrmarkt. Seit Jahrzehnten stand er hinter seinem riesigen Schwenkgrill, ein Mann wie ein Baum, mit einer fleckigen Schürze und einem breiten Lachen, das lauter war als das Zischen von Fett und das Brutzeln seiner berühmten Steaks und Bratwürste.. Sein Stand war immer umlagert, der Duft zog die Leute magisch an.

Doch in letzter Zeit nagte etwas an Franz. Er konnte den Geruch seines eigenen Grillguts kaum noch ertragen. Die saftigsten Steaks, die würzigsten Würste – sie schmeckten ihm nur noch nach Asche, nach Routine, nach unendlicher Langeweile. Er sehnte sich nach etwas, das seine Geschmacksknospen wieder zum Leben erweckte.

Sein Blick fiel auf den seltsamen Hexenwagen am Rande des Trubels, auf das Schild mit dem zwielichtigen Versprechen.

Normalerweise hätte er über solchen Humbug gelacht, aber die innere Leere, die Routine seines eigenen Handwerks, trieb ihn an diesem Abend dorthin.

„Eine Zuckerwatte", brummte er der hageren Frau im Fenster entgegen. Frau Grimms schwarzen Augen musterten ihn kurz, ein dünnes Lächeln umspielte ihre Lippen. Sie reichte ihm eine Zuckerwatte mit der Farbe eines unappetitlichen, schlammigen Brauntons.

Franz nahm sie bereitwillig.

„Ich wünsche mir", sagte er, während er einen Bissen nahm, der seltsam erdig schmeckte, „dass ich endlich wieder was grillen kann, das anders schmeckt und mir gefällt. Etwas Neues, Aufregendes!" Er aß den Rest der Zuckerwatte auf, ein kaltes Kribbeln breitete sich in ihm aus.

Zurück an seinem Grill spürte er die Veränderung sofort. Den Duft der brutzelnden Steaks und Würste, der stets die Kunden anlockte, nahm er überhaupt nicht mehr wahr.

Der Anblick des Fleisches widerte ihn an. Seine Lebensgrundlage, sein ganzer Stolz, war plötzlich ungenießbar für ihn. Verzweiflung stieg in ihm auf. Was hatte er getan?

In diesem Moment huschte etwas Graues über den staubigen Boden hinter seinem Stand. Er sah eine fette Ratte, die vom Abfall angelockt war. Normalerweise hätte Franz sie sofort verjagt. Doch jetzt durchfuhr ihn ein Blitz. Ein Heißhunger, so intensiv und unerwartet, dass ihm das Wasser im Mund zusammenlief. Seine Augen fixierten das Tier mit einer neuen, raubtierhaften Gier.

Mit einer Geschwindigkeit, die man ihm nicht zugetraut hätte, schlug er zu, packte die zappelnde Ratte am Schwanz. Ohne zu zögern, brach er ihr das Genick und warf sie auf den Grill, direkt neben eine Reihe goldbrauner Bratwürste. Das Fell sengte, ein seltsamer Geruch mischte sich mit dem bekannten Bratenduft.

Als die Ratte durchgegart war, schnappte er sie sich, riss ein Stück Fleisch ab und biss hinein.

Seine Augen weiteten sich. Ekstase!

Ein Geschmackserlebnis, wie er es noch nie gekannt hatte – intensiv, erdig, mit einer wilden Note. Es war köstlich! Genau das, was er sich gewünscht hatte!

Aber der Hunger war noch nicht gestillt. Sein Blick schweifte umher, suchte nach mehr.

Eine Taube landete auf dem Dach seines Standes. Wie im Rausch kletterte er auf einen Kasten, erwischte den Vogel, rupfte ihn notdürftig und spießte ihn auf, um ihn wie ein kleines Hähnchen zu grillen. Auch das schmeckte ihm vorzüglich.

Später fiel sein Blick auf eine streunende Katze, die sich um die Beine der Kunden schmiegte. Kurz darauf brutzelte auch sie auf seinem Rost.

Die ersten Kunden kamen näher, angelockt vom vertrauten Duft der Würste. Doch dann fiel ihr Blick auf die neuen Fleischsorten auf dem Grill.

Eine verkohlte Ratte neben den Steaks. Eine halb gerupfte Taube am Spieß. Etwas, das verdächtig nach Katze aussah, brutzelte neben der Thüringer.

Die Gesichter der Jahrmarktbesucher wurden blass. Ein Mann würgte. Eine Frau stieß einen spitzen Schrei aus.

„Was ist DAS denn?", stammelte ein anderer und zeigte mit zitterndem Finger auf die Ratte.

Franz, noch immer im Glücksrausch seines neuen Geschmackserlebnisses, blickte sie verständnislos an.

„Eine neue Spezialität!", verkündete er stolz und hielt einem entsetzten Kunden ein Stück gegrillte Ratte hin. „Probieren Sie mal! Unglaublich zart, ein ganz neuer Kick!"

Die Leute wichen zurück, als hätten sie den Teufel persönlich gesehen. Ekel und Entsetzen spiegelten sich in ihren Gesichtern. Sie drehten sich um und flohen, manche mit Rufen der Warnung an andere.

Meister Franz blieb allein zurück an seinem Grill, umgeben von seinen einst begehrten Waren und seinen neuen, grauenvollen Delikatessen. Er verstand die Welt nicht mehr.

Sein Wunsch war erfüllt worden; er hatte etwas Neues gefunden, das ihm schmeckte.

Dass es die Kreaturen waren, die sonst im Abfall wühlen oder als Ungeziefer gelten, störte ihn in seinem Wahn nicht.

Er biss zufrieden in ein weiteres Stück gegrillte Ratte, während sein einst blühendes Geschäft um ihn herum starb und die Schatten des Ekels und des Grauens sich über seinen Stand legten.

Zwei Schatten im Lichtermeer

Lena und Tom schlenderten Hand in Hand über den Jahrmarkt, die bunten Lichter spiegelten sich in ihren verliebten Augen. Sie kicherten über die schrillen Rufe der Schausteller und teilten sich eine Tüte gebrannte Mandeln. Ihr Glück schien perfekt, nur eine Sache störte sie: die vielen Augen.

Sie wünschten sich Momente nur für sich, unbeobachtet, frei. Und dann war da noch die Verlockung der vielen Fahrgeschäfte. Wenn man doch nur nicht immer anstehen und zahlen müsste!

Ihr Blick fiel auf den düsteren Wagen der Hexe am Rande des Geschehens. Das Schild mit seinem Versprechen und seiner Warnung zog sie magisch an.

„Komm", flüsterte Lena und zog Tom mit sich, „Ich habe eine Idee. Das die Chance auf ein kleines Abenteuer."

Sie traten kichernd vor das Fenster, in dem Frau Grimm saß wie eine Spinne in ihrem Netz.

„Wir hätten gerne eine Zuckerwatte, bitte“, sagte Tom und versuchte, souverän zu klingen, obwohl ihm die unheimliche Frau eine Gänsehaut verursachte.

Frau Grimm reichte ihnen eine einzige, große Zuckerwatte, die in unschuldig wirkendem Rosa und Weiß marmoriert war.

„Ein süßer Wunsch für ein süßes Paar?“, säuselte sie, aber ihr Lächeln war gefühllos und kalt.

Lena und Tom nahmen die Zuckerwatte entgegen. Sie sahen sich tief in die Augen, ein verschwörerisches Grinsen auf den Lippen. Gleichzeitig bissen sie hinein, die künstliche Süße schmolz auf ihren Zungen.

„Wir wünschen uns“, dachten sie im Einklang, *„für alle unsichtbar zu sein!“*

Ein seltsames Kribbeln durchfuhr sie beide, als hätten sie einen leichten elektrischen Schlag bekommen. Sie sahen sich an, noch waren sie sichtbar. Doch als eine laute Familie direkt auf sie zuging, ohne sie zu beachten und fast durch sie hindurchlief, wussten sie: Es hatte funktioniert!

Sie stießen einen unterdrückten Jubelschrei aus.

„Wir sind es! Unsichtbar!", flüsterte Tom aufgeregt. Lena lachte leise.

Sie spähten umher – niemand nahm Notiz von ihnen. Perfekt! Sie schlichen sich zum Riesenrad, huschten durch die Absperrung und setzten sich unbemerkt in eine freie Gondel. Die Fahrt war berauschend, die Lichter des Jahrmarkts unter ihnen ein glitzerndes Meer.

Danach schlenderten sie, immer noch unsichtbar, zu einer ruhigeren Ecke hinter dem Spiegelkabinett.

„Endlich allein", hauchte Lena und drehte sich zu Tom um, bereit für einen der heimlichen Küsse, die sie sich gewünscht hatten.

Sie streckte die Hand nach ihm aus – und griff ins Leere.

„Tom?", fragte sie verwirrt. Sie hörte ihn direkt neben sich atmen.

„Lena? Ich bin hier", antwortete seine Stimme, nah und doch seltsam distanziert.

„Wo bist du? Ich kann dich nicht sehen!"

Panik stieg in Lena auf. Sie drehte sich im Kreis. „Ich kann dich auch nicht sehen!", rief sie. „Aber du bist doch direkt hier!"

Ihr Wunsch war in Erfüllung gegangen. Sie waren für *alle* unsichtbar geworden. Aber die tückische Magie der Zuckerwatte hatte keine Ausnahme gemacht – sie waren nun auch füreinander unsichtbar.

Der Jahrmarktlärm schien plötzlich lauter, bedrohlicher. Sie konnten sich hören, konnten die Anwesenheit des anderen spüren wie einen warmen Lufthauch, aber ihre Augen fanden keinen Halt. Sie griffen nacheinander, ihre Hände fischten unbeholfen in der Luft, trafen sich nur zufällig für einen flüchtigen, verwirrenden Moment.

Der Wunsch nach heimlichen Küssen wurde zur Qual – wie sollte man jemanden küssen, dessen Gesicht und Lippen man nicht sehen konnte?

Der Traum von kostenlosen Fahrten verblasste – was nützte der Nervenkitzel, wenn man die Freude oder Angst im Gesicht des geliebten Menschen nicht teilen konnte?

Sie waren Geister füreinander geworden, gefangen in einem Lichtermeer, das sie nicht mehr gemeinsam betrachten konnten.

Ihre Stimmen klangen verloren im Getümmel, zwei unsichtbare Seelen, die sich verzweifelt im Lärm suchten, getrennt durch den Fluch ihres eigenen Wunsches.

Ihr romantisches Abenteuer hatte sich in einen Albtraum der Isolation verwandelt, direkt nebeneinander und doch unendlich weit voneinander entfernt.

Und irgendwo im Lärm des Jahrmarkts surrte leise die Maschine, mit der die Zuckerwatte der Verdammnis hergestellt wurde.

Der Spanner

Bert war das, was man gemeinhin einen „alten Bock" nannte. Über 50, mit schütterem Haar, das er vergeblich über die Platte kämmte, und einem Blick, der ungeniert über Frauenkörper wanderte.

Der Jahrmarkt war für ihn weniger ein Ort der Freude als ein Jagdrevier. Und just in diesem Moment hatte er wieder Beute gewittert.

Sie hieß Tina, eine Studentin, kaum 20 Jahre alt. Sie strahlte eine unbeschwerte Jugendlichkeit aus, die Bert anzog und erregte.

Tinas Kleidung, ein knapper Minirock, der lange Beine zeigte, und ein Top mit einem Ausschnitt, der Berts Fantasie beflügelte, interpretierte er fälschlicherweise als Einladung an alle Männer.

Er trat ihr plump in den Weg, ein schmieriges Lächeln auf den Lippen.

„Na, junge Dame, so allein unterwegs auf dem großen Rummel?"

Tina musterte ihn von oben bis unten, und ihr offenes Lächeln gefror zu einer Maske der Ablehnung.

„Lassen Sie mich in Ruhe", sagte sie kühl. „Ich habe mich hübsch gemacht, um vielleicht nette Jungs in meinem Alter kennenzulernen, aber sicher nicht, um von einem alten Bock wie Ihnen angemacht zu werden."

Sie betonte jedes Wort, ließ keinen Zweifel an ihrer Abneigung. Mit einem verächtlichen Schnauben drehte sie sich um und ging weiter.

Bert kochte vor Wut. Ein Korb! Von so einem jungen Ding! Die Demütigung brannte. Statt abzuziehen, schlich er ihr nach, getrieben von einer Mischung aus gekränktem Stolz und ungesunder Neugier.

Er beobachtete, wie Tina am Rande des Trubels vor dem unheimlichen Hexenwagen stehen blieb, kurz mit der Frau im Fenster sprach, den Kopf schüttelte und dann weiterging, ohne Zuckerwatte zu kaufen.

Berts Blick fiel auf das Schild. Wünsche gehen in Erfüllung? Aber mit einem Haken?

Ein hässlicher Gedanke formte sich in seinem Kopf. Er schlich zum Fenster.

„Ich will eine von dieser Zauber-Zuckerwatte", murmelte er und las die Warnung, die er aber sofort beiseiteschob.

Frau Grimm musterte ihn mit ihren kalten Augen.

„Und welcher Wunsch brennt in deinem Herzen, alter Mann?", fragte sie spöttisch. Sie reichte ihm eine Zuckerwatte von einem ungesunden, fast durchsichtigen Grau.

Bert nahm sie.

„Ich wünsche mir", zischte er leise, während er die klebrige Masse verschlang, „dass ich für dieses Mädchen, das gerade hier war, unsichtbar bin! Nur für sie! Damit ich ihr folgen kann, wohin sie geht, ohne dass sie es merkt!"

Ein eisiges Gefühl durchfuhr ihn. Er drehte sich um und sah Tina ein paar Meter entfernt stehen. Sie blickte sich suchend um, aber ihr Blick glitt direkt über ihn hinweg, als wäre er Luft. Es hatte funktioniert! Ein triumphierendes Grinsen stahl sich auf sein Gesicht.

Er folgte ihr, dicht auf den Fersen, genoss seine unsichtbare Macht. Er konnte sie anstarren, so nah sein, wie er wollte, ihre Gespräche belauschen. Es war der ultimative Kick für einen Spanner wie ihn.

Da sah Tina eine Gruppe junger Männer, die ihr fröhlich zuwinkten.

„Hey, Tina!", rief einer. Sie winkte zurück und ging auf sie zu.

Bert blieb dicht neben ihr, ein unsichtbarer, lauernder Schatten. Aber er hatte vergessen, dass nur Tina ihn nicht sehen konnte.

Die jungen Männer kamen näher. Einer von ihnen runzelte die Stirn, als er Bert neben Tina stehen sah.

„Tina, wer ist denn der Typ, der da so nahe neben dir steht?", fragte er verwirrt.

Tina blickte sich um.

„Welcher Typ? Hier ist niemand."

„Doch, klar", sagte ein anderer Student und zeigte direkt auf Bert. „Der alte Kerl hier. Sieht nicht sehr freundlich aus."

Tina wurde blass. Sie starrte auf den Punkt, auf den die Jungs zeigten, sah aber nur Luft. Da trat einer der Studenten vor und sprach Bert direkt an:

„Hey Sie! Was wollen Sie von unserer Freundin?"

Berts Stimme, zittrig vor Schreck, entfuhr ihm: „Ich, ähm, ich tu doch nichts!"

Tina zuckte zusammen. Sie kannte diese Stimme. Es war der alte Bock, der sie vorhin angemacht hatte! Panik ergriff sie.

„Ich kann ihn nicht sehen!", schrie sie. „Er ist unsichtbar! Aber ich erkenne seine Stimme! Das ist ein Typ, der mich vorhin angemacht hat!"

Die jungen Männer verstanden sofort. Wut blitzte in ihren Augen auf. Sie packten Bert, der sich vergeblich zu wehren versuchte.

„Was hast du getan?", knurrte einer. Unter der Androhung von Prügel gestand Bert kleinlaut die Geschichte mit der Hexe und der Zuckerwatte.

„Na warte!", zischte der Anführer der Gruppe.

Sie schleiften den ängstlichen Bert zurück zum Hexenwagen.

„Hexe!", riefen sie. „Dieser Widerling braucht noch eine Portion von deinem Zeug!"

Sie zwangen Bert, erneut eine Zuckerwatte zu kaufen.

„Und jetzt wünschst du dir das, was wir dir befehlen, aber laut und deutlich!", befahl einer der Studenten.

Frau Grimm reichte ihm eine Zuckerwatte, diesmal eine von tiefstem Schwarz.

Mit bebender Stimme, unter den drohenden Blicken der Studenten und dem wissenden Grinsen der Hexe, stammelte Bert seinen erzwungenen Wunsch:

„Ich will wieder für alle sichtbar sein, und Tina soll für mich ewig unsichtbar sein!"

Frau Grimm lachte leise, ein trockenes, unheilvolles Geräusch.

„Ein Wunsch ist ein Wunsch", säuselte sie. „Sichtbar sollst du sein." Ein Schauer durchlief Bert, er erkannte an Tinas Reaktion, dass sie ihn wieder sehen konnte.

Teil eins des Wunsches war also in Erfüllung gegangen, Teil zwei noch nicht, denn er konnte Tina noch immer sehen.

Aber dann fügte die Hexe mit einem boshaften Funkeln in den Augen hinzu:

„Und was die Frauen betrifft... Nun, dein Wunsch war etwas ungenau formuliert. Unsichtbar sollen sie sein, Tina und alle anderen auch!"

Ein Schwindel erfasste Bert. Er blinzelte. Tina war plötzlich verschwunden. Er sah nur noch die jungen Männer vor sich. Er blickte sich panisch um. Die Frauen auf dem Jahrmarkt, die Mütter mit Kindern, die jungen Mädchen, die älteren Damen, sogar Frau Grimm im Fenster des Hexenwagens: Sie waren alle weg. Er sah nur noch Männer. Überall Männer.

Sein Wunsch, sich für Frauen unsichtbar zu machen, hatte sich auf grausame Weise umgekehrt. Er war sichtbar für die Welt, aber die Hälfte der Welt war für ihn verschwunden. Der alte Spanner war dazu verdammt, für den Rest seines Lebens in einer Welt zu leben, in der er nur noch Männer sehen konnte: Eine ewige, ironische Strafe für seine gierigen Blicke.

Die verwandelte Ehefrau

Hans und Erika schlenderten über den Jahrmarkt, die 50 Jahre ihres gemeinsamen Lebens lagen wie eine vertraute, aber manchmal auch etwas schwere Decke über ihnen. Die wilden Zeiten waren vorbei, die Leidenschaft hatte sich in eine tiefe, aber ruhige Zuneigung verwandelt. Als sie vor dem dunklen Hexenwagen standen und das Schild lasen, stieß Hans seine Frau spielerisch in die Seite.

„Du, Erika", begann er, ein verschmitztes Funkeln in den Augen, das man lange nicht mehr gesehen hatte. „Was hältst du davon? Stell dir vor, du wärst wieder, nun ja, sagen wir 25. Eine richtige Sexbombe, so wie damals, als wir uns kennenlernten, nur noch mehr sexy!"

Er malte mit den Händen übertriebene Kurven in die Luft. „Würdest du das nicht auch wollen? Wieder so richtig jung und begehrenswert aussehen?"

Erika kicherte, erst unsicher, dann amüsiert von seiner plötzlichen Begeisterung.

Der Gedanke war irgendwie verlockend.

Die kleinen Fältchen, die müden Glieder, die Blicke, die längst nicht mehr so bewundernd waren wie früher.

„Ach, Hans", sagte sie, ein wenig rot werdend. „Wer würde das nicht wollen? Wenn es doch nur so einfach wäre."

„Vielleicht ist es das ja!", rief Hans und zog sie zum Fenster der Hexe. Gemeinsam trugen sie ihren Wunsch vor: Erika sollte wieder aussehen wie eine atemberaubende 25-Jährige.

Frau Grimm musterte das Paar mit ihren unergründlichen Augen.

„Ein kühner Wunsch", säuselte sie und zog eine Zuckerwatte hervor, die in einem fast schon schmerzhaft leuchtenden Pink erstrahlte.

„Aber seid gewarnt. Jeder Wunsch hat seinen Preis. Die Erfüllung bringt oft mit sich, was man sich ganz sicher *nicht* wünscht."

„Ach was, wir sind alt genug, wir wissen, was wir tun!", winkte Hans ungeduldig ab. „Wir gehen das Risiko ein!"

Erika nickte zustimmend, das Kribbeln der Erwartung überstieg jede Vorsicht.

Sie nahm die Zuckerwatte und aß sie, Bissen für Bissen. Ein seltsames Leuchten umfing Erika. Hans keuchte auf. Vor seinen Augen schien die Zeit zurückzulaufen. Die Falten Erikas glätteten sich, die Haut wurde straff und rosig, ihre Figur formte sich neu, bekam Kurven an den richtigen Stellen, ihr graues Haar wurde eine schwarze, lange Mähne.

Selbst ihre Kleidung schien sich zu verändern, wie von Geisterhand. Plötzlich trug sie statt ihrer bequemen Bluse und Hose ein knappes, tief ausgeschnittenes Top, einen kurzen Minirock und hohe Lederstiefel, die bis über die Knie reichten.

Erika sah plötzlich umwerfend aus, provokant, eine unwiderstehliche, junge Sexbombe.

„Wow!", stieß Hans hervor, seine Augen verschlangen sie förmlich. „Erika, du bist unglaublich! Du siehst aus wie ein Model in einem Herrenmagazin."

Erika fühlte sich seltsam leicht, energiegeladen. Sie spürte die Blicke von Männern auf sich, aber noch konnte sie nicht sehen, was die anderen sahen. „Ich muss mich sehen! Sofort! Komm, Hans, zum Spiegelkabinett!"

Auf dem kurzen Weg dorthin war es, als würde ein Scheinwerfer auf sie leuchten. Männer aller Altersgruppen drehten sich nach ihr um. Pfiffe ertönten. Anzügliche Bemerkungen fielen, unverhohlen und direkt.

„Hey Süße, was machst du heute Abend?" „Wow, mit dir würde ich aber gerne..." „Was hat der Alte dir bezahlt?"

Erika spürte einen Rausch. Diese ungefilterte Aufmerksamkeit, diese Begierde in den Augen der Männer, das hatte sie seit Jahrzehnten nicht mehr erlebt. Es gefiel ihr, sie fühlte sich lebendig, mächtig.

Hans platzte fast vor Stolz. *Das* war seine Frau! Er war der Mann an der Seite dieser Schönheit.

Doch als Erika vor den Spiegeln des Kabinetts stand und ihr Spiegelbild sah, gefror ihr das Lächeln im Gesicht. Sie sah nicht nur jung und schön aus. Sie sah wie eine nuttige Schlampe aus. Aufreizend bis zur Vulgarität. Die Kleidung, die laszive Ausstrahlung, die sie nun unwillkürlich besaß, schrie nicht nach Eleganz, sondern nach käuflicher Liebe.

Erika war das Zerrbild einer Sexbombe, sie war nicht die natürliche Schönheit, an die sie gedacht hatte. Ein tiefer Schreck durchfuhr sie.

Sie zerrte Hans nach Hause. Der freute sich über das neue Aussehen von Erika und die nicht mehr gekannte gierige Lust, die sie in ihm auslöste. Geil wie nie, ging er mit ihr ins Bett.

In den folgenden Tagen wurde das Leben für Erika zum Spießrutenlauf. Egal, was Erika anzog, der Fluch wirkte. Männer sahen sie an, als könnten sie durch ihre Kleidung hindurchsehen. Sie wurde auf der Straße angesprochen, im Supermarkt bedrängt, erhielt unaufhörlich eindeutige Angebote. Die Blicke waren nicht mehr bewundernd, sie waren gierig. Alle Männer starrten sie lüstern an.

Anfangs wehrte Erika sich, war verzweifelt. Doch nach und nach begann sich etwas in ihr zu verändern. Die ständige Bestätigung ihrer neu gewonnenen Attraktivität, auch wenn sie vulgär war, begann ihr zu gefallen.

Die Erinnerung an die ruhigen, aber auch ereignisarmen Jahre mit Hans verblasste neben dem neuen Adrenalinrausch der ständigen Eroberungsversuche. Sie fühlte sich wieder begehrt, lebendig – auf eine gefährliche, zerstörerische Weise.

Irgendwann gab sie nach und ließ sich mit den Männern ein. Ein Flirt hier, ein heimliches Treffen dort. Sie genoss die Macht, die sie über Männer hatte, die Abwechslung, die verruchte Lust. Und sie nahm das Geld an, dass die Männer ihr boten, um mit ihr Sex haben zu können.

Die Ehe mit Hans erschien ihr plötzlich schal und langweilig. Er war der Mann, der sie in dieses Dilemma gebracht hatte, auch wenn er es gut gemeint hatte. Aber er konnte ihr nicht mehr geben, was sie jetzt suchte.

Sie war eine 25jährige Sexbombe und konnte sich die Männer aussuchen, mit denen sie Sex haben wollte. Sie wählte aber junge, gutaussehende kräftige Männer und keine, die so alt waren wie Hans. Sie war wieder jung und Hans war viel zu alt für so eine junge Frau.

Männer die alt waren wie Hans, mussten ihr viel Geld bieten, wenn sie Sex mit ihr haben wollten.

Die Kluft zwischen Hans und Erika wurde unüberbrückbar. Erika zog aus. Die Ehe zerbrach unter der Last des erfüllten Wunsches.

Hans stand am Ende allein da. Er hatte bekommen, was er sich gewünscht hatte: Seine Frau sah aus wie eine 25-jährige Sexbombe. Aber der Preis war höher gewesen, als er sich je hätte vorstellen können.

Er hatte die Frau verloren, die er liebte. Sie war ersetzt worden durch eine wunderschöne, begehrenswerte Hülle, eine Sexbombe und Hure, die nun anderen gehörte.

Sein Wunsch hatte ihm nicht die Jugend seiner Frau zurückgebracht, sondern seine Ehe und Zukunft zerstört.

Die neue Potenz

Karl und Frieda spazierten über den Jahrmarkt. Die vierzig Ehejahre hatten ihre Spuren hinterlassen, nicht nur in den Lachfalten, sondern auch in einer stillen Frustration, die wie ein Schatten zwischen ihnen lag.

Karls Impotenz war ein ungesagtes Leid, eine Barriere in ihrer Intimität, die beide betrübte.

Als sie vor dem unheimlichen Wagen von Frau Grimm standen und das verlockende, aber auch bedrohliche Angebot lasen, stupste Frieda ihren Mann an.

Sie beugte sich zu ihm und flüsterte ihm verschwörerisch ins Ohr:

„Karl, was wäre, wenn...? Wenn du dir wünschen würdest, wieder... du weißt schon... zu können?"

Ein Hauch von Hoffnung und alter Sehnsucht lag in ihrer Stimme.

Karl schmunzelte, ein wenig verlegen, aber auch neugierig.

Der Gedanke war fast zu schön, um wahr zu sein. Gemeinsam, wenn auch etwas zögerlich, traten sie an den Wagen.

„Frau Grimm", begann Frieda, „könnte mein Mann... könnte er wieder potent werden, wenn er von Ihrer Zuckerwatte isst?"

Die Hexe musterte Karl mit einem Blick, der tief unter die Oberfläche zu dringen schien. „Potenz? Ein starker Wunsch für einen Mann in seinen Jahren", säuselte sie und reichte ihm eine Zuckerwatte die seltsam, fast fiebrig rot war.

„Aber vergesst nicht die Warnung: Die Erfüllung kommt nie ohne einen bitteren Beigeschmack. Ein Fluch klebt an jedem Wunsch."

Karl und Frieda sahen sich an. Die Sehnsucht war stärker als die Angst.

„Ach was", sagte Karl mit gespielter Lässigkeit und zuckte mit den Schultern. „Was soll schon Schlimmes passieren? Schlimmer als jetzt kann es ja kaum werden."

Er nahm die rote Zuckerwatte und aß sie Bissen für Bissen auf.

Ein warmes, fast brennendes Gefühl durchströmte ihn kurz, dann war es wieder weg.

Äußerlich war nichts geschehen.

„Na?", fragte Frieda hoffnungsvoll. Karl zuckte wieder mit den Schultern. „Keine Ahnung. Ich fühle nichts."

„Komm", sagte Frieda und hakte sich bei ihm unter. „Wir gehen nach Hause. Dann sehen wir ja, ob die Zuckerwatte gewirkt hat."

Auf dem Weg über das Jahrmarktgelände, zurück zum Ausgang, fiel Karls Blick auf die vielen jungen Frauen.

Studentinnen in knappen Sommerkleidern, Mädchen in Hotpants, die lachend mit ihren Freunden unterwegs waren.

Normalerweise hätte er sie kaum beachtet, aber heute war es anders. Sein Blick blieb an den Mädchen hängen, wanderte über ihre Figuren.

Und dann spürte er es.

Ein untrügliches Zeichen. Eine Regung, die er seit Jahren nicht mehr gekannt hatte. Die Potenz war zurück! Ein Gefühl von Triumph und fast jugendlicher Kraft durchströmte ihn.

Er warf einen schnellen Blick auf Frieda, die neben ihm ging, in Gedanken versunken. Sollte er es ihr sagen? Nein. Etwas hielt ihn zurück. Es war fast beschämend, dass die bloße Nähe dieser jungen, fremden Frauen diese Reaktion auslöste. Er schwieg über seine Entdeckung.

Zu Hause angekommen, zog Frieda ihn erwartungsvoll ins Schlafzimmer. Die Hoffnung stand ihr ins Gesicht geschrieben.

Doch als sie allein waren, nur er und seine Frau, die er doch liebte, die Vertraute seiner Jahre, da passierte nichts. Die Regung, die er beim Anblick junger Frauen auf dem Jahrmarkt bekommen hatte, war verschwunden.

Hier zu Hause erregte ihn nichts, und er erlitt die alte, bekannte Impotenz.

Frieda sah ihn fragend an. Karl wandte den Blick ab.

Er konnte Frieda nicht sagen, dass sein Körper zwar auf jugendliche Schönheit und fremde Reize reagierte, aber nicht mehr auf sie. Ihr die Wahrheit zu sagen, wäre zu grausam gewesen.

„Hat wohl doch nicht funktioniert, diese Zuckerwatte", murmelte er und versuchte, die Enttäuschung in seiner Stimme zu verbergen. „Wahrscheinlich nur Humbug von dieser Hexe."

Frieda seufzte leise, der letzte Funke Hoffnung auf Sex mit ihrem geliebtem Karl erlosch.

Von diesem Tag an war Karl ein anderer Mann. Auf der Straße, im Café, überall, wo junge, attraktive Frauen waren, fühlte er sich wieder wie ein Mann in seinen besten Jahren.

Doch zu Hause, bei Frieda, blieb er der impotente Ehemann. Die Lüge stand wie eine Mauer zwischen ihnen. Die wiedergefundene Potenz, die er nicht mit seiner Frau teilen konnte, wurde zur Qual.

Er wurde reizbar, zog sich zurück, die Kluft zwischen ihnen vertiefte sich unaufhaltsam.

Die Ehe, die schon vorher belastet war, zerbrach an diesem unausgesprochenen Geheimnis nun endgültig.

Karl hatte seinen Wunsch erfüllt bekommen. Er war wieder potent.

Aber der Fluch der Hexe war perfide:

Karls Potenz war an die Begierde nach jungen Frauen gebunden. Die interessierten sich aber nicht für alte Männer wie Karl. Um seine Potenz ausleben und seine wieder erlangte Geilheit befriedigen zu können, musste er ins Bordell gehen.

Er war nicht mehr impotent, aber er versagte kläglich bei der Frau, die er einst geliebt hatte. Er hatte seine Männlichkeit zurückgewonnen, aber seine Ehe endgültig verloren.

Amors süße Rache

Der Jahrmarkt pulsierte vor Leben, doch am Rande, im Schatten der alten Eiche, lauerte der dunkle Wagen von Frau Grimm. Die Luft um ihn herum schien kälter, die Fröhlichkeit gedämpft.

Da näherte sich eine Gestalt, die anders war als die üblichen verzweifelten oder gierigen Kunden. Es war ein Mann in einfacher, aber gepflegter Wanderkleidung, dessen Augen eine ungewöhnliche Wärme und ein tiefes Verständnis ausstrahlten, das nicht ganz zu seinem unscheinbaren Äußeren passen wollte. Es war Amor, der Gott der Liebe, inkognito.

Er trat an das Fenster, wo Frau Grimm mit ihrem falschen, boshaften Lächeln saß.

„Verzeiht, dass ich frage", begann Amor mit einer Stimme, die ruhig und doch durchdringend war. „Ich hörte Gerüchte über Eure spezielle Zuckerwatte. Habe ich das richtig verstanden: Man äußert einen positiven Wunsch, dieser geht in Erfüllung, aber gleichzeitig tritt ein unerwünschtes, negatives Ereignis ein, das irgendwie mit dem ursprünglichen Wunsch zusammenhängt?"

Frau Grimm musterte den fremden Mann misstrauisch, war aber auch ein wenig geschmeichelt von der Aufmerksamkeit.

„Ja", zischte sie. „So kann man das sehen. Etwas Negatives folgt dem Positiven. Der Preis für egoistische Wünsche."

Amor legte nachdenklich den Kopf schief. „Interessant. Das bedeutet im Umkehrschluss logischerweise: Wenn man sich bewusst etwas Negatives wünscht, dann müsste das zweite eintretende Ereignis positiv sein und in Relation zum ersten, negativen Wunsch stehen, nicht wahr?"

Frau Grimm lachte auf, es war ein trockenes, rasselndes Geräusch.

„Theoretisch vielleicht, Wandersmann! Aber wer bei klarem Verstand wünscht sich schon freiwillig etwas Negatives? Niemand war je so dumm!" Ihr Lachen klang höhnisch.

„Nun", sagte Amor mit einem sanften Lächeln, das seine Augen kurz aufleuchten ließ. „Vielleicht bin ich ja der Erste. Ich möchte es versuchen." Er legte ein paar glänzende Münzen auf die Fensterbank.

„Eine Eurer Zauberwatten, bitte."

Mit einem spöttischen Achselzucken reichte ihm die Hexe eine grell-gelbe Zuckerwatte.

Amor nahm sie entgegen und begann ruhig zu essen. Während der süße Geschmack seinen Mund erfüllte, sprach er klar und deutlich seinen Wunsch aus:

„Ich wünsche mir etwas Negatives: Ich wünsche mir, dass die Zuckerwatten-Maschine sofort all ihren Zauber verliert und niemals wieder Zuckerwatte produziert, die Wünsche erfüllen kann.“

Er hielt kurz inne, blickte der Hexe direkt in die Augen und fügte hinzu:

„Und als zweites, positives Ereignis, das untrennbar damit verbunden ist, soll sich die alte, teuflische Frau Grimm, die diese dunkle Magie beherrscht, in eine schöne, herzensgute Frau verwandeln, die aufrichtige Freude daran findet, von Menschen gemocht und geliebt zu werden, und jeden bösen Gedanken für immer verliert.“

Frau Grimm erstarrte. Ihre Augen weiteten sich vor Schreck, als sie die volle Tragweite des Wunsches begriff.

Der Wunsch folgte ihrer Logik, aber anders herum. Er nutzte ihre eigene Magie gegen sie!

Frau Grimm hob zitternd eine knochige Hand, ein krächzender Zauberspruch formte sich auf ihren Lippen, um die Wunscherfüllung zu stoppen. Doch es war zu spät. Die Macht Amors, des Gottes der Liebe, verbunden mit der unaufhaltsamen Mechanik der Zuckerwatten-Magie, war bereits im Gange.

Ein warmes Licht ging von der Zuckerwatte in Amors Hand aus und hüllte den Wagen ein. Die dunklen Wände erhellten sich, verwandelten sich in freundliches, hell gestrichenes Holz. Das krumme Dach wurde gerade, der Imbiss-Wagen war kein Hexenhaus mehr. Ein neues Schild erschien über dem Fenster:

„Café Fröhlich".

Kleine Bistrotische und Stühlchen mit bunten Kissen materialisierten sich davor, als hätten sie nur darauf gewartet, aus dem Nichts erscheinen zu dürfen.

Im Wagen verwandelte sich die unheimliche Zuckerwattemaschine mit einem Zischen und Dampfen in eine blitzblanke, moderne Kaffeemaschine.

Der süßliche Geruch der Zuckerwatte wich dem köstlichen Aroma von frisch gebrühten Kaffeesorten: Cappuccino, Espresso, Latte Macchiato, alles war möglich.

Die erstaunlichste Verwandlung aber geschah mit Frau Grimm selbst. Unter dem warmen Licht schmolzen die Falten dahin, ihre Haut wurde glatt und rosig. Ihr graues, strähniges Haar wurde zu einer vollen, blonden Mähne. Ihre gebeugte Haltung richtete sich auf, sie bekam eine anmutige, junge Figur. Ihre dunkle Kleidung verwandelten sich in eine adrette, figurbetonte Kellnerinnen-Uniform, ähnlich einem Dirndl mit fröhlichen Farben.

An ihrer Brust war ein kleines Namensschild: „Frau Froh". Und das Wichtigste: Der Ausdruck auf ihrem Gesicht wandelte sich von Hass und Bosheit zu einer offenen, strahlenden Freundlichkeit.

Sie blinzelte, sah sich um, als erwachte sie aus einem langen, bösen Traum.

Ihr Gesicht strahlte mit einem echten, warmen Lächeln, und sie winkte freundlich den Jahrmarktbesuchern zu, die sich neugierig näherten.

Die ersten Gäste waren junge Liebespaare, die wie von unsichtbarer Hand zu dem neuen Café gezogen wurden. Frau Froh bediente sie mit einer Herzlichkeit und einem Charme, der ansteckend war.

Das „Café Fröhlich" wurde über Nacht zum beliebtesten Treffpunkt auf dem Jahrmarkt. Bald musste Frau Froh weitere Tische und Stühle besorgen, um dem Andrang gerecht zu werden.

Wenn ein einsamer Mann oder eine einsame Frau zögernd vorbeischauten, trat Frau Froh mit einem gewinnenden Lächeln heraus.

„Sie sehen aus, als könnten Sie einen guten Kaffee und ein nettes Gespräch gebrauchen", sagte sie dann. „Setzen Sie sich doch. Sie dürfen mich auch gerne auf einen Kaffee einladen."

Ihre Freude, Menschen zusammenzubringen und Freundlichkeit zu verbreiten, war nicht gespielt, sondern echt.

Amor kam in den folgenden Tagen immer wieder ins Café Fröhlich, jedes Mal in einer anderen Verkleidung; mal als alter Mann, mal als Student, mal als Geschäftsmann. Er setzte sich, bestellte einen Kaffee und beobachtete Frau Froh und die Gäste.

Er war zufrieden. Sein Wunsch wirkte. Die Verdammnis war gebannt, ersetzt durch die einfache Magie eines freundlichen Lächelns der Wirtin und einer guten Tasse Kaffee. Diese Ecke des Jahrmarkts war jetzt ein Ort der Freude, nicht mehr des Schreckens.

Am Tisch neben Amor saß flirtend der potente alte Karl und machte der jungen Sexbombe Erika ein unmoralisches Angebot.

Als Amor das sah, schüttelte er nur seinen Kopf. Er konnte die alten Flüche Frau Grimms leider nicht rückgängig machen.

Aber in den nächsten Tagen gelang es Amor, dass sich Frieda (die Exfrau von Karl) und Hans, (der Ex von Erika), verliebten und miteinander glücklich wurden.

Weitere Bücher des Autors

Wenn Ihnen diese Kirmes-Geschichte gefallen hat, dann gefallen Ihnen bestimmt auch andere Kurzgeschichten, die sich Ulrich Germania ausgedacht hat, obwohl sie alles andere als gruselig sind. Die meisten seiner Geschichten erzählen von romantischen Begegnungen an ungewöhnlichen Orten.

KI-Hinweis: Für die folgenden Geschichten gilt: Ulrich Germania hat sich die Charaktere und den Plot ausgedacht, die KI hat die Geschichten geschrieben, dann wurden sie überarbeitet und verbessert.

Kirmes der Herzen
Kurze, kitschige Kirmesgeschichte

Doktoren auf der Kirmes
Kein Arztroman, aber fast.

Die Liebesgöttin auf der Kirmes
Jahrmarkt-Begegnung mit mystischem Flair

Labyrinth der Herzen
2 Liebesgeschichten aus dem Spiegelkabinett

Liebe in Kostümen
Begegnungen auf einem Cosplay-Event

Erst die Rache, dann die Braut

Cowboy-Western mit Duell und Liebe auf den ersten Blick. In mehreren Sprachen erhältlich.

Zenola

Ihr Herz war unverkäuflich.
Die Indianerin und ihr Mariachi

Talahon Bilderbücher, Buchserie

Finde die Unterschiede!
Suchspiel Bilderbücher für Erwachsene

Chaya und Talahon in der Shisha-Bar,
Spuchspiel-Bücher 1 bis 3

Die Chayas chillen auf der Kirmes

Die Chayas chillen wieder auf der Kirmes

Chaya und Talahon auf der Kirmes

Talahons mit Chaya auf der Kirmes

Ulrich Germania
ERST DIE RACHE
DANN DIE BRAUT

Ulrich Germania
Kirmes der Herzen
DOKTOREN
auf der Kirmes
Ulrich Germania
DIE LIEBESGÖTTIN AUF DER KIRMES
Ulrich Germania
Ulrich Germania
LABYRINTH der HERZEN